LES CONFIDENCES

D'UN

CANAPÉ

PARIS

CHEZ TOUS LES LIBRAIRES

1863

LES CONFIDENCES

D'UN

CANAPÉ

Paris. — Imprimerie VALLÉE et Cᵉ, 15, rue Breda.

LES CONFIDENCES

D'UN

CANAPÉ

PARIS

CHEZ TOUS LES LIBRAIRES

—

1863

LES CONFIDENCES

D'UN

CANAPÉ

D'ici voyez ce beau domaine
Dont les créneaux touchent le ciel
Une invisible. . . . .

Cette ballade de la *Dame Blanche* peut s'appliquer au vieux château dans lequel notre disert canapé va faire ses confidences.

Quand vous passerez dans la commune de V..... en Auvergne, demandez, comme George Brown, aux rustres de l'endroit :

— Quel est ce château là-bas sur la colline la plus élevée, et pouvez-vous m'y conduire, si toutefois il est permis de le visiter ?

Et les rustres vous répondront en frémissant :.

— On appelle ce château : le palais de Belzebuth. Il n'est habité que trois mois de l'année, par M. le comte de G... le *médhiomme*, *l'espirite*, comme on l'appelle à Paris, ce qui veut dire pour nous le sorcier, l'envoyé de Lucifer. C'est un homme bien aimé, certes, car il est bon, charitable, mais on le craint. Ce n'est qu'en tremblant qu'on va chez lui lorsqu'il y est, car jamais, en son absence, on ne s'est aventuré à monter à son château, d'où, la nuit, s'échappent des bruits étranges, à cause, dit-on, de l'influence maligne qu'il y a laissée.

II

Après trois mois de spiritisme et d'opéra-
tions magiques, M. le baron de G..... et ses
amis avaient réveillé à un tel point *les esprits*
siégeant dans les meubles des appartements,
qu'une fois livrés à eux-mêmes, ils se don-
naient du bon temps à cœur joie. Chaises,

fauteuils, canapés, tables, lits, tableaux, tout cela s'animait, se mettait en mouvement, marchait, dansait, parlait.

Après des valses tourbillonnantes et fantastiques, d'infernales sarabandes, venaient des causeries.

Une nuit, — car c'était à partir de minuit seulement que ces esprits prenaient leurs ébats, une nuit, une chaise racontait les faits et gestes des habitants d'outre-tombe ; une autre nuit, une table ou un autre meuble énumérait les événements qu'il avait traversés dans sa vie : en un mot, les meubles, à l'instar de Canler, de Mogador et de Rigolboche, faisaient leurs mémoires !

Or, un vieux canapé, allant clopin-clopant et laissant entrevoir, à travers les plaies béantes de sa peau de damas incolore, ses intestins de fer, s'exprima en ces termes.

III

Je suis né chez un tapissier de la rue du Bac. Oui, monsieur, je suis Parisien pur sang, — et je m'en fais gloire, car cette belle, cette imposante cité est aujourd'hui plus que jamais le centre de la civilisation, le foyer principal des sciences et des arts, qui projette sur l'univers entier les rayons ardents de sa fécondante lumière.

Mon début dans le monde me donna à penser que j'étais destiné aux aventures galantes, et voici pourquoi.

Comme j'étais encore à l'état d'Adam dans le paradis terrestre, mon maître ne m'ayant pas vêtu de mon éblouissante tunique de velours d'Utrecht, j'étais relégué au premier étage de notre maison, et non dans la boutique. Un jour, je vis s'avancer vers moi, toute en larmes, ma jeune maîtresse, la fille de mon créateur.

« Voilà huit grands jours que je ne le vois plus. Oh ! méchant, qui as pris mon cœur pour le torturer ainsi, tu m'as abandonnée ; hélas ! ce devait être, je ne suis pas à sa hauteur, il est riche, bien riche, lui, mon Henri, et moi.... je

ne suis certainement pas sans ressources, mais...
Oh ! mon Dieu, que je souffre ! »

Et la pauvre enfant se laissa tomber sur moi,
et cachant ses deux joues avec ses mains mi-
croscopiques, elle pleura abondamment.

Aussitôt un beau jeune homme entra, et se
précipitant aux genoux de ma maîtresse :

— Comme tu as dû m'accuser, mon Eugénie,
et pourtant Dieu m'est témoin que je n'ai cessé
une seule seconde de songer à vous, à mes serments, à notre avenir. Oui, mon adorée, encore
quelque temps et j'espère venir à bout de la
résistance opiniâtre de mes parents à faire mon
bonheur.

Et serrant dans ses mains celles de la jeune
fille :

— M'aimez-vous toujours, dites, et me pardonnez-vous ?

Comme par enchantement, les yeux de ma jeune maîtresse séchèrent aussitôt, sa figure ovale et toute mignonne s'illumina, et elle laissa échapper de ses lèvres de corail cet aveu, le pardon le plus doux :

-— Oui, je vous aime, méchant.

— Quoi qu'il arrive, reprit le jeune amoureux, je jure qu'aucune force humaine ne me fera renoncer à vous ; à vous seule j'appartiendrai ou à nulle autre.

—Ce serment, je le fais aussi, Henri, et que la foudre me tue si je le viole.

Cette scène ressemblait assez à celle où Edgard Ravenswood et Lucie de Lamermoor, près de la fontaine, échangent un anneau, gage de leur foi.

Ici, les amants ne se donnèrent pas d'anneau, mais un baiser au front vint consacrer leur union.

J'étais tout ému, tout frissonnant d'aise d'avoir été témoin d'un roman aussi pur, aussi chaste. Quelle belle chose qu'un premier amour! J'étais heureux d'avoir vu se dessiner devant moi les phases diverses de l'amour ingénu. C'était toute une histoire, une sorte de roman à la Florian. Les héros, deux beaux jeunes gens, passaient graduellement de la première émotion involontaire aux tendres regards, et enfin à ces pressions de main qui semblent mettre en contact et réunir en une seule deux âmes qui vibrent à l'unisson. Mais le roman s'arrêtait là. En effet, qu'y a-t-il de plus adorable que ces commencements ? Heureux souvent ceux qui n'ont pas fini !

En présence de telles amours, le cœur d'un homme blasé se réveille, de même qu'il suffit d'une étincelle pour rallumer un feu presqu'éteint : le cœur d'un adolescent s'éveille et s'élance vers les régions éthérées de l'amour idéal.

Tout ce que j'avais lu d'amoureux sur la terre, quand j'étais l'âme d'un mortel, me revint à l'esprit. Je récitai presque malgré moi ce magnifique fragment d'une lettre de Saint-Preux à sa Julie dans la *Nouvelle Héloïse*.

« Te souvient-il de cette heure entière que nous passâmes à parler paisiblement de notre amour et de cet avenir obscur et redoutable par qui le présent nous était encore plus sensible ? J'étais tranquille, et pourtant j'étais près de toi ; je t'adorais et ne désirais rien ; je n'imaginais pas même une autre félicité que de sentir ainsi ton visage près du mien, ta respiration sur ma joue et ton bras autour de mon cou. Quelle volupté pure, continue, universelle ! Le charme de la jouissance était dans l'âme, il n'en sortait plus, il durait toujours. »

Quels élans du cœur pleins d'éloquence, n'est-ce pas, mes amis ? quelles suaves et brû-

lantes paroles qui persuadent et enflamment !
Heureux les êtres en qui existe cet accord di-
vin ; pour eux le temps ne passe point, la jeunesse dure toujours ; car, aimer c'est commen-
cer à vivre au-delà de cette vie passagère,
c'est se soustraire au temps qui s'enfuit, c'est
anticiper sur l'immortalité !

Telles sont, mes amis, les réflexions que je
me faisais alors, et ce sont les mêmes qu'aujourd'hui je me fais, car le cœur ne vieillit pas.
Si le cœur devait s'émousser à force d'aimer,
certes, le mien ne devrait plus rien éprouver, car durant ma vie militaire, — vous
savez que j'ai animé le corps d'un bel officier
de cavalerie, — j'ai été le héros de bien
des intrigues romanesques ; aussi, dans ma

vie de canapé, j'ai ressenti une joie indicible toutes les fois qu'il m'a été donné d'assister à des scènes qui me remémoraient mon passé.

Mais revenons à mes moutons, à mon sujet, veux-je dire.

IV

Le tapissier, mon maître, eut enfin pitié de
l'état de nudité dans lequel j'étais plongé. Il
me fit beau, étincelant. J'attirai sur moi les
regards aristocratiques de la belle comtesse
de X..., qui m'acheta pour orner son salon.

Là se réunissaient les plus hauts dignitaires
de l'État. De quelles confidences les femmes

des ambassadeurs ne m'ont-elles point rendu témoin !

Mon amour-propre, je ne le cache pas, se trouvait flatté en si bonne compagnie.

C'est dans une de ces soirées que je vis apostropher un colonel de cuirassiers par le vieux baron de B... Ce dernier, ayant entendu prononcer le mot *pékin* par le colonel qui désignait ainsi un bourgeois, lui demanda :

— Quelle différence faites-vous entre un militaire et un pékin ?

Et comme le colonel, stupéfait d'une pareille demande, se taisait :

— La voici, colonel, reprit le baron, c'est que l'un est civil et que l'autre ne l'est pas.

Hélas ! la révolution força mes nobles maîtres à émigrer. Leurs biens furent vendus et ils devinrent le lot d'une autre dame, noble elle aussi, mais d'une noblesse moins aristocratique que la première.

V

J'étais chez une princesse jeune et surtout d'une beauté qui ne rivalisait qu'avec son esprit. C'eût été une personne accomplie si certaines velléités littéraires n'étaient venues lui donner cet air dégagé et prétentieux, cette franchise d'allures qui siéent mal à une femme jeune et mignonne.

Au reste, c'est là une opinion personnelle ; je dois vous avouer que je n'aime pas les bas-bleus.

Si chez la comtesse de X... se réunissait la noblesse diplomatique, la haute noblesse, la vieille aristocratie, ici, chez la princesse de Z..., se réunissait la noblesse de l'esprit, — et je crois que mon amour-propre en était aussi flatté.

A quelles ravissantes soirées j'ai assisté là, et comme j'y suis devenu savant ! J'étais au courant de tout ce qui se passait en Europe de remarquable dans les sciences, les arts, la littérature. J'ai vu défiler devant moi les noms les plus célèbres dans ces diverses branches. Ces réunions intellectuelles fortifient l'esprit, le nourrissent et le délectent. Les choses les plus jolies se disaient, se perdaient ; même

ceux qui étaient loin de se croire poëtes, lais-
saient tomber de leur esprit, comme d'un écrin
précieux, une foule de petits riens charmants,
qui auraient suffi à faire leur réputation. Toutes les sommités européennes briguaient l'honneur d'être admises dans ces salons. Lorsque
la foule des admirateurs de l'illustre princesse
s'était écoulée, et que le cercle restreint ne se
composait guère plus que d'intimes, on passait
le temps de la manière la plus agréable, la
plus attrayante qu'il soit possible. La conver-
sation se généralisait, la fantaisie prenait un
libre essor. Que d'esprit se dépensait ! Que de
pensées profondes sous une apparence légère!
Tantôt on s'asseyait autour d'une table, et
un des poëtes faisait le premier vers d'une
chanson qu'il passait à son voisin, afin que

celui-ci fit le second, et ainsi de suite. Il est facile de voir que la pensée qui avait dicté le premier vers avait dû singulièrement se modifier sur la route, et que la chute du couplet ne devait guère répondre à ce qu'avait attendu celui qui avait écrit le commencement.

Tantôt, des bouts rimés étant donnés, chacun les remplissait à sa manière.

Un jour on dicta les suivants : *vigne, raisin, signe, vin, nuage, coteau, présage, eau.*

Chacun des assistants remplit *currente calamo* ces bouts rimés, et il y eut autant de jolies choses que de huitains écrits. La palme cependant fut décernée à l'unanimité à Méry, qui probablement ne se souvient plus aujourd'hui de son œuvre. La voici :

> Lorsque je vois la vigne
> Se couvrir de raisin,
> Je me dis : c'est un signe
> Que nous aurons du vin.
> Quand je vois un nuage
> Menacer le coteau,
> Je me dis : ça présage
> Que nous aurons de l'eau.

Y a-t-il rien de plus frais que ces vers, qui ne sont certes pas connus ?

Un autre jour, M. Théophile Gautier faisait, comme il sait la faire, l'analyse des tableaux exposés au salon ; il était interrompu de temps en temps par les savantes observations de MM. Arsène Houssaye, Jeanron, Paul.

Puis Ponsard, l'auteur *immortel* de la *Bourse* et de *l'Honneur et l'Argent*, un des habitués les plus fidèles, le plus fidèle même de ces rendezvous , lisait quelques vers , quand toutefois M. Ernest Legouvé n'était pas présent. Je n'ai jamais su pourquoi cette crainte. M. Legouvé n'est pas un maître fort terrible, ce me semble. Théodore de Banville lisait une élucubration poétique, une tartine décolletée, ce qui paraissait, du reste, ne pas effaroucher trop fort le beau sexe, tandis que l'auteur des *Poëmes de l'amour*, M. Armand Renaud, préparait alors quelques pages de son voluptueux roman : *la Griffe rose*. MM. Léon Gozlan, Amédée Achard, Xavier Eyma, y exposaient les plans de leurs prochaines publications. M. de la Landelle y témoignait de ses connaissances maritimes. Quant au littérateur trotte-menu, M. Louis Énault, il regrettait de ne pouvoir faire son entrée dans le salon à cheval, suivi de son *nègre* de huit ans ; ainsi que M. Ponson du

Terrail, un homme-vapeur, mes amis, qui élucubrait dans cinq ou six journaux en même temps, et qui malgré tant de verve, tant de fécondité, était sans prétention , de même que son style.

M. Désiré Pilette, un homme d'esprit parmi les hommes d'esprit, nous a lu son *Candide*, et le poëtique Jean Dolent y a esquissé *une Volée de merles*.

J'y ai eu la primeur de *Fanny*, du boursier Ernest Feydeau ; un roman immoral, j'en conviens, et je le condamne de toutes mes forces, mais qui, contrairement à d'autres aussi immoraux, avait le mérite d'être bien écrit. L'antique comtesse Dash y parlait du siècle de Louis XV, de mesdames de Mailly, de Châteauroux, de la Pompadour et de la Dubarry.

Puis, dans les embrasures des fenêtres, j'apercevais les chroniqueurs ou rédacteurs en chef des journaux littéraires en vogue :

Henry de Pène, le chroniqueur ubiquiste, qui n'a, disent les envieux, d'autre mérite littéraire, que celui d'avoir été traversé d'outre en outre par l'épée d'un officier.

Albéric Second, spirituel conteur, qui a eu tort jadis de cacher son nom sous un mysté-rieux pseudonyme.

Jules Lecomte, un homme de lettres qui passe sa vie à colliger dans *le Monde illustré* les faits divers qu'il trouve dans les journaux de province ou de l'étranger. Pour pénétrer dans le monde *comme il faut*, il a publié un livre moral : *la Charité à Paris*, si j'ai bonne mémoire, qui lui a valu un prix de l'Académie des sciences morales. Bien joué, Monsieur Lecomte !

Henri Delaage, un littérateur spiriste, à l'air passablement idiot; et qui a su se faire passer pendant près de deux ans pour le *Mané* de *l'Indépendance belge* et le *Henri Desroches* du *Constitutionnel*.

Henry d'Audigier, le père-chronique de la *Patrie*, qui trouvant trop aride la carrière littéraire, est rentré dans le professorat, d'où il n'aurait dû jamais sortir, disait-on.

Puis M. Villemot, du *Figaro*.

Eugène Varner du *Diogène* : un rédacteur en chef, celui-là, qui aurait mieux fait de signer *gérant*.

Guy de Binos, le jeune fondateur de la vaillante *Jeune France*, morte courageusement sur la brèche.

Enfin, cet imprudent Alfred Sirven, alors rédacteur en chef du *Gaulois* (supprimé depuis), nature droite, loyale, mais trop franche, trop indépendante, et que plusieurs mois de Sainte-Pélagie, panachés de fortes amendes, devraient pourtant bien mettre à la raison. Qu'avait-il à écrire sans cesse, en cachette ? sans doute des notes pour les *imbéciles*. Son livre sera volumineux dans ce cas !...

J'en passe, mes amis, et des meilleurs.

VI

Dans une des dernières soirées que j'ai pas-
sées chez ma princesse, j'étais devenu le con-
fident de deux beautés, de vraies déesses. Oh !
mes amis, les adorables créatures ! J'ai gardé
d'elles le souvenir ; il me semble les voir encore. Sur les carnets d'ivoire que tenaient leurs
jolis doigts suavement effilés, les poëtes venaient
écrire, qui un madrigal, qui un quatrain, qui

3

un sonnet, qui un acrostiche. Et quels vers,
mes amis ! Était-il possible, du reste, d'être
mieux inspiré !

En voici, dont je me suis toujours rappelé :

Leverrier dans ses lourdes veilles
Cherche des astres par les cieux ;
C'est chercher bien loin des merveilles
Qu'il pourrait trouver dans vos yeux.

Et ceux-ci :

Qu'ils sont brillants et qu'ils sont doux
Vos beaux yeux, ces auteurs de tant d'amour extrême !
Madame comment faites-vous
Pour vous en garantir vous-même ?
Toutes les fois que, pour les voir,
Vous regardez votre miroir,
Ne ressentez-vous point quelque atteinte de flamme ?
Et ces astres puissants qu'on voit tout enflammer
N'inspirent-ils pas dans votre âme
Un peu de ce qui fait aimer ?

C'est chez la princesse de X..., mes amis, que je passai la plus belle partie de ma vie. Hélas! pourquoi n'y ai-je pas fini mes jours?

Ce n'était pas écrit dans le grand livre des destinées!

La princesse eut la malheureuse fantaisie — oh! les femmes capricieuses! — de renouveler son mobilier de salon. Il est vrai de dire que mon enveloppe vieillissait. Je n'étais plus brillant. Bref j'allai chez un brocanteur, digne fils d'Israël, qui me remit à neuf, en changeant ma tunique de velours contre une autre de magnifique damas gros vert, et j'allai orner, j'ose le dire à peine, le boudoir d'une vendeuse d'amour, d'une courtisane éhontée, d'une de ces filles

perdues qui n'ont de la femme que le nom.
Cette femme faisait trafic de son corps, et cela
ostensiblement, sans remords, sans regret, le
sourire sur les lèvres.

O honte pour moi ! voilà, mes amis, une page
du livre de ma vie que je voudrais bien déchi-
rer. Pourquoi les porteurs ne m'ont-ils point
laissé choir du quatrième étage ! pourquoi ne
me suis-je pas brisé avant d'arriver !

De quelles turpitudes n'ai-je pas été témoin
dans l'antre parfumé de cette poupée aux
camélias ! J'y ai vu des amants trahissant leurs
serments des maris trompant leurs femmes
et venant dépenser là l'argent du ménage ;
j'y ai vu, enfin, des vieillards aux sens

émoussés, venus là pour chercher d'immondes voluptés !

Ces hommes, pensai-je, se ruinent pour cette fille de joie, parce qu'ils la voient à travers le prisme de la passion. Ah ! s'ils savaient ce qu'est réellement leur sirène !

Une nuit elle revenait d'un bal dont elle avait été, j'en suis certain, la reine. Elle avait su soumettre tous les cœurs à son charme irrésistible.

> En voyant ruisseler sa chevelure blonde
> Sur son col blanc et velouté
> On croyait voir Cypris, cette reine du monde,
> Sortir de l'écume de l'onde
> Comme un prodige de beauté.

Hélas ! mes amis, si ceux qu'elle avait ainsi séduits l'avaient vue dans son alcove, quelques

heures plus tard, quel désenchantement! Écou-
tez : ma maîtresse s'appelait Laure :

> Sur la console et sur les chaises
> Se délassaient de leurs récents exploits
> Une natte, avec des anglaises
> Qui, jointe par d'habiles doigts
> Aux mèches ombrageant encore
> Le front presque chauve de Laure,
> Malgré l'intention d'un curieux regard
> Lui prêtaient, par l'adresse et l'art,
> La plus brillante chevelure
> Que puisse à la beauté départir la nature.
> Tout près d'un frivole éventail
> Sur le marbre d'une commode
> Ainsi que deux brebis, hélas, loin du bercail,
> Deux perles dont le blanc émail
> Répare la nature, en protégeant la mode,
> Attestaient le savant travail
> Du dentiste Désirabode.

> Des petits brodequins, instruments de torture,
> Volés par l'éhontée à l'Inquisition,
> Savouraient mollement leur douce inaction,

Tandis que, reprenant leur robuste nature,
Les pieds rouges, meurtris, se soulageaient enfin
Dans des souliers, dont l'un, sans qu'on lui fasse injure,
Était large deux fois comme le brodequin.
Je ne décrirai pas tout l'attirail chimique
Dont là se déroulait l'odorante fabrique.
Ouates, parfums, couleurs, baleines et coton,
Caoutchouc préparé, flacons de toute essence,
    Composaient dans un grand carton
    Une fontaine de Jouvence.

    Fiez-vous donc aux apparences,
Alors que le coton, le fard et les essences,
    Dans notre merveilleux Paris,
D'une latte ambulante ont fait une Cypris,
Au spectacle, au salon, au bal ou dans les fêtes,
Adorez, adorez, ces adroites coquettes
Dont la beauté factice aux flambeaux éblouit ;
Et plus tard, dans vos bras, ô méprise funeste !
    Le coton part, le bâton reste,
    Et la femme s'évanouit.

VII

Cette position m'était devenue intolérable ; aussi, grâce à Dieu, ne fut-elle pas de longue durée. Acheté à crédit, je fus repris presque aussitôt par mon Gobseck, et j'entrai quelque temps après dans une honnête famille d'ouvriers. La jeune femme, pendant sa grossesse, s'étant arrêtée un jour devant la boutique où je me prélassais, eut envie de moi. Voilà comment je devins sa propriété.

Ah ! mes amis, quel heureux temps a été
pour moi celui que j'ai passé dans ce modeste
logement de 350 francs de loyer ! J'étais rue
du Roi-Doré. Mon maître était typographe.
Quel honnête homme, celui-là, et quel pen-
seur, et aussi quel écrivain distingué ! Vous
savez, du reste, que dans la typographie il
n'est pas rare de rencontrer des gens de talent,
des érudits, des philosophes, de vrais et bons
écrivains. La typographie est l'élite des corps
d'état, on l'a dit avec juste raison. Mon maître,
à en juger par ses capacités intellectuelles,
en pouvait passer pour le chef. Mais aussi quel
travailleur, quel piocheur ! Pour lui point de
trève ; sans cesse à la peine, au risque d'y
succomber. Je me souviendrai toujours d'un
des plus beaux actes, bien certainement, de sa

vie ; quant à moi, je le considère comme phé-
noménal et digne d'être envié de tous les gens
de cœur. Le voici.

Outré de voir à la vitrine des libraires un
tas de publications ordurières faites pour cor-
rompre la jeunesse, fatigué de voir représenter
sur les scènes de genre des immondices dra-
matiques, indigné de voir déposer aux coins
des rues une innombrable quantité de petits
journaux à cinq centimes contenant des romans
alcooliques et immoraux, infecte pâture soi-
disant intellectuelle qu'on distribue encore aujourd'hui à profusion ; honteux enfin de l'état
de dégradation morale dans lequel notre siècle
était tombé, mon maître créa, lui aussi, un
petit journal, véritable pamphlet, dans lequel

il flagellait impitoyablement, mais loyalement, les turpitudes dont il était témoin. Ce journal ressortait au milieu des autres comme le lis s'élançant du milieu d'un fumier.

Il s'en exhalait un parfum d'honnêteté qui étonnait, émouvait, attirait. Rien n'est plus curieux que la manière dont se faisait ce journal.

Sans ressources, ne pouvant par conséquent payer la composition ni l'impression de sa feuille, le courageux ouvrier se résigna, après sa journée de travail, à faire lui-même son journal ; de plus il le pliait, le mettait sous bandes, et en portait à la poste les exemplaires qu'il ne pouvait, vu la longueur de la course, porter à ses abonnés.

Il était, de cette façon, son gérant, son rédacteur, son compositeur et son employé. N'avais-je pas raison de dire en commençant que ce sont là des croisades qu'on n'entreprend qu'une fois dans la vie, et qui ne sont l'apanage que des âmes fortement trempées ?

Et la jeune femme, qu'elle était bonne et gracieuse ! sans cesse souriant et chantant, assise toute la journée devant un établi de passementerie , qu'elle ne quittait que pour penser au dîner de son mari. C'était charmant à voir, que ce ménage si divinement uni.

Le soir, tous deux assis sur moi, ils se racontaient les incidents de la journée ; ils parlaient aussi de l'avenir, et si quelque triste pensée assombrissait le front du mari, l'épouse savait aussitôt par ses caresses, ses baisers, ses chatteries, rendre si doux, si attrayant le présent que le futur s'évanouissait.

Pour la première fois j'étais témoin d'une liaison où régna la plus parfaite harmonie, une de ces liaisons nées de l'amour et non du calcul. J'étais heureux, et pour finir mes jours, je n'aurais pas demandé d'autre retraite.

Malheureusement une fantaisie m'avait transporté là, une fantaisie devait m'en chasser. Je fus troqué, chez un nouveau brocanteur, contre un fauteuil et quatre chaises.

J'occupais il est vrai, dans la chambresalon du typographe, une trop grande place.

Je quittai, le cœur gonflé de larmes, cette famille prolétaire, dans laquelle je m'étais senti auss fier que chez la comtesse de X...... La noblesse de la blouse vue ainsi, j'ai fait cette remarque, vaut bien l'autre. La vraie noblesse ne consiste pas dans le titre, dans la particule, mais elle siège principalement dans le cœur.

Ah ! l'aristocratie aimerait et envierait souvent la classe ouvrière, si elle daignait se transporter de temps en temps dans des intérieurs tels que celui de la rue du Roi-Doré !

VIII

Quelques mois plus tard , j'étais emménagé Boulevard du Crime, dans le cabinet d'un directeur de théâtre mélodramatique. Je retrouvai là des gens de connaissance, des auteurs habitués des soirées de la princesse de Z....., mon ancienne maîtresse. Je fus tout étonné, moi qui les avais vus si orgueilleux, si infatués de leur personne, de les voir si humbles en présence de mon nouveau maître.

Pour faire recevoir leurs pièces ils allaient, ma foi, jusqu'à solliciter, supplier, certains même allaient jusqu'à dénigrer de la plus méchante façon ceux de leurs confrères dont les pièces devaient être mises à l'étude avant les leurs; — et cela, sans doute, pour amener un passe-droit en leur faveur.

Deux ou trois dramaturges régnaient pourtant dans ce théâtre, et forçaient la main de mon maître. L'un d'eux lui dit un jour et d'un ton assez brutal:

— Si vous ne jouez pas mon drame à telle époque, je vous abandonne. Je ne sais vraiment pourquoi j'irais me laisser passer sur le

corps par un *jeune,* par un débutant. Payez-
lui le dédit convenu, et ne le jouez pas du tout
s'il fait la moindre observation , ce sera là sa
plus grande punition.

— Le dédit est très-fort, vous le savez? ha-
sarda le directeur , et il y aurait peut-être, si
toutefois vous étiez raisonnable, un arrangement
possible.

—Un arrangement… un arrangement… grom-
mela le dramaturge-monopoleur… et quel est-il?

— Celui de forcer le jeune auteur à vous
prendre pour collaborateur.

— Hum ! hum ! mais j'aurais l'air de pa-
tronner ce garçon. Le drame a été trouvé bon
m'avez-vous dit?

— Ce sera un très grand succès. J'y compte beaucoup; acceptez-vous ?

— Si je daigne accepter, il est bien entendu que je signe le premier.

— Cela va sans dire.

— Puis, tâchez de me faire donner les deux tiers des droits d'auteur, il faut que je me dédommage du retard que vous me faites éprouver.

— Je ferai part à l'auteur de votre proposition, est-ce tout ?

— Non.

— Diable ! vous êtes aujourd'hui dans votre jour d'exigence.

— Je n'exige rien, je demande. A vous de me refuser, je sais le parti que je prendrai.

— Toujours des menaces ! Voyons, ne nous emportons pas ; vous savez que je fais suivant vos désirs ; parlez.

— Eh bien, mon cher ami, il faut que par votre tactique, vous parveniez à empêcher l'auteur de signer la pièce. Il touchera son tiers des droits, et voilà tout, c'est déjà fort beau pour un débutant. Que d'autres brigueraient sa place ! Pour son second début, nous verrons : faites-lui espérer que je consentirai à signer avec lui. Voyons est-ce dit, est-ce conclu ?

— Pourquoi ne pas laisser signer ce garçon? il en serait si fier, et puis cela l'encouragerait.

Soyez raisonnable, la pièce est bonne, fort bonne.

— Justement à cause de cela ; j'ai pas mal d'ennemis, vous ne l'ignorez pas, qui se hâteraient de dire et d'écrire que mon collaborateur, un inconnu, a fait seul le drame, qu'à lui seul doit en revenir tout l'honneur, et vous comprenez que jamais je ne m'exposerai à de semblables sorties ; ainsi donc... ou sinon !

— Eh bien, je vais essayer de tout arranger selon vos désirs.

Et le drame fut joué avec l'illustre X... pour seul auteur.

Un jour étaient assis sur moi le directeur et sa maîtresse, une artiste boulotte, qui tenait dans ses griffes roses les destinées de tout le théâtre, lorsqu'une jeune et magnifique femme se présenta. Elle remit à mon maître une lettre de recommandation émanant d'un critique influent.

— Soyez la bienvenue, mademoiselle, s'empressa de dire à la jeune femme le directeur rayonnant d'aise. J'étais prévenu de votre arrivée prochaine de province, où vous avez obtenu, je le sais, le plus éclatant succès. Vous pouvez dès aujourd'hui considérer comme conclu votre engagement à mon théâtre en qualité de grand premier rôle. Demain l'acte sera rédigé et vous pourrez venir le signer. Voici déjà votre rôle de début.

Et il tendit un rouleau de papier à l'artiste, qui sortit ravie.

— Quelle belle acquisition je viens de faire là! dit le directeur à sa maîtresse en se frottant les mains. Je craignais qu'elle ne vînt pas, et je doute que j'aurais pu facilement la remplacer.

— Eh bien, mon ami, interrompit froidement l'artiste-reine, il faudra pourtant y songer, car cette femme ne jouera pas sur votre théâtre.

— Que voulez-vous dire, ma chère? répondit mon maître stupéfait.

— Je ne veux pas dire, je dis que cette femme ne jouera pas ici, car je ne le veux pas.

— Mais pourquoi? Allons, tu plaisantes sans doute, je ne peux pas te supposer folle au point...

— Que je sois folle, c'est possible, mais j'affirme que la femme qui vient de sortir d'ici ne sera pas engagée à votre théâtre, à moins, pourtant, que vous ne me remplaciez par elle.

— Voyons, ma chère amie, calme-toi. D'où vient cette fureur que je ne comprends pas? Toutes les fois que je veux engager une actrice de talent, jeune et jolie, tu me fais de pareilles sorties. La jalousie pourrait seule expliquer cela, si je croyais à ta jalousie.

— J'ai prononcé mon *ultimatum*, à vous de réfléchir.

— Mais songe que cette artiste m'est adressée par le critique le plus influent, et que lui faire

un tel affront c'est me mettre à dos ce critique,
son protecteur. Sans compter que c'est une artiste d'un grand mérite.

— Je la connais, et je me charge de la remplacer avantageusement par une de mes bonnes
amies;

— Laquelle?

— La petite N...

— Une laideron,

— Qu'importe, pourvu qu'elle ait du talent.

Cette discussion fut interrompue par l'arrivée
d'un journaliste qui venait réclamer ses en-

trées pour une feuille de chou, créée depuis quinze jours.

Il tombait dans un mauvais moment.

— Quel est le titre de votre journal? demanda mon maître, d'un air ennuyé.

— *La Punaise indépendante.*

— Je ne connais pas cette feuille-là, elle est nouvelle, sans doute?

— Elle en est aujourd'hui à sa troisième piqûre.

— Eh bien, monsieur, je suis désolé de vous refuser, mais nous n'avons l'habitude d'accorder les entrées qu'aux journaux qui peuvent justifier d'une existence d'une année au moins ; ainsi...

— Fort bien, monsieur, dit fièrement le journaliste, j'attendrai que vous veniez vous-même me les offrir.

Et il sortit en faisant le plus de vacarme qu'il put, afin sans doute de se donner de l'importance.

Le lendemain, l'artiste arriva pour signer son engagement, mais elle trouva à son adresse un billet ainsi conçu :

« Mademoiselle,

» Une lettre que j'ai reçue après votre départ de mon bureau m'a remémoré la promesse que j'avais faite à une jeune artiste, élève d'un de mes bons amis, de la laisser débuter dans le rôle dont je vous ai remis hier une copie. D'après ceci, je me vois dans la nécessité de reculer l'époque de la signature de votre engagement.

» Veuillez, je vous prie, mademoiselle, agréer tous mes regrets, et mes plus vives excuses.

» Votre dévoué serviteur,

» X... »

IX

Du cabinet du directeur je passai dans le foyer des artistes. Là, mes amis, outre que je perdis mes illusions sur les acteurs, j'entendis sortir des bouches coquettes des actrices des mots baroques, de mauvais goût, souvent même crapuleux. C'était de l'argot.

Je suivis les intrigues galantes de ces dames qui, pour les mœurs, se mettaient au niveau de la courtisane dont j'avais orné le boudoir. Ces soi-disant artistes, à part pourtant quelques exceptions, ne différaient guère des coureuses de rues ; — elles faisaient de la scène le trottoir de leurs exploits. Ah ! quelle immoralité, mes amis !

L'une d'elles regardait une fois dans la salle par le trou du rideau. Une de ses camarades lui dit :

— Que fais-tu là si longtemps ?

— Je regarde si tous mes amants sont dans la salle, sans quoi, s'il en manquait *seulmeent* un , je ne pourrais pas jouer.

Un autre soir, la bouquetière ordinaire du théâtre, apporte à Mlle X... un superbe bouquet *blanc.* — Quelle couleur pouvait mieux convenir à une aussi farouche rosière?

Mlle X... se fait prier pour l'accepter, mais enfin, elle l'accepte, — et écartant de ses doigts les roses du milieu elle retire.... le *poulet* traditionnel.

— Oyez tous, mes amis, s'écrie-t-elle en le décachetant.

Et *subito* elle se voit entourée de tout le personnel. La sirène fait à haute voix lecture de cette déclaration, qui était si sottement écrite que la petite Z..., une *poseuse* de l'endroit, renommée pour sa bêtise, ne put s'empêcher de manifester son dédain.

— Que penses-tu de celui qui t'adresse ces lignes? demande-t-elle à X...

— Que c'est un sot, mais que m'importe, pourvu qu'il ait de la *braise* !

Et voilà, mes amis, les turpitudes qui étaient réservées à ma vieillesse ; aussi avec quelle joie me suis-je vu transporter ici, dans ce château, après la ruine de ce théâtre.

Telle est ma vie, vous voyez qu'elle n'est pas

aussi accidentée que vous l'aviez peut-être sup-
posé. Vous vous attendiez j'en suis certain, à
de plus piquantes révélations. Ceci est pourtant
la vérité.

Je n'ai pu rien inventer. Contentez-vous-en.

FIN

Paris. — Imp. VALLÉE et C°, rue Breda, 15.

www.ingramcontent.com/pod-product-compliance
Ingram Content Group UK Ltd.
Pitfield, Milton Keynes, MK11 3LW, UK
UKHW021450090726
13657UKWH00003B/1317